GWELY HAUL

PEN-BLWYDD HAPUS
ANNA a HANNA

Haf Roberts
Lluniau gan Hannah Doyle

Rhif Llyfr Safonol Rhyngwladol:
978-1-84527-573-0

Cyhoeddwyd gyda chymorth Cyngor Llyfrau Cymru

Llun clawr: Hannah Doyle
Cynllun clawr: Eleri Owen

Cyhoeddwyd gan Wasg Carreg Gwalch,
12 Iard yr Orsaf, Llanrwst, Dyffryn Conwy, Cymru LL26 0EH.
Ffôn: 01492 642031
Ffacs: 01492 642502
e-bost: llyfrau@carreg-gwalch.com
lle ar y we: www.carreg-gwalch.com

Argraffwyd a chyhoeddwyd yng Nghymru

GWELY HAUL
a PEN-BLWYDD HAPUS ANNA A HANNA

Cynnwys

Gwely Haul

Gwylan glên ydi Gwil Gwylan. Dydi o erioed wedi plymio'n ddirybudd o'r awyr a dwyn sglodion a sos coch plentyn bach llwglyd nes gwneud iddo fo grio. Fydd o byth yn chwalu drwy finiau gan greu llanast ar hyd y stryd. Ac yn sicr dydi o erioed wedi gollwng unrhyw beth anghynnes o'r awyr ar ben cerddwyr diniwed. Gwylan fonheddig ydi Gwil Gwylan.

Yn Nhŵr yr Eryr yng Nghastell Caernarfon mae Gwil yn byw. Mae ganddo fo nyth fawr braf yno a golygfa hyfryd draw dros y dŵr am Ynys Môn. Mae'n hapus iawn ei fyd ond, ar un adeg, roedd mewn penbleth fawr ...

Roedd Gwil yn methu'n lân â deall ble'r oedd yr haul yn cysgu. Bob nos, fel roedd yr haul yn machlud, meddyliai'n siŵr ei fod am ddod â swatio wrth ei ochr o i Dŵr yr Eryr i gysgu. Roedd Gwil hyd yn oed wedi casglu ei blu ei hun a phlu ei ffrindiau'n wely esmwyth braf i groesawu ei ffrind melyn, cynnes.

Ond, wrth iddo ddisgwyl gweld yr haul yn suddo i'r gwely plu, fe ddiflannai'n sydyn, a doedd Gwil ddim yn gwybod i ble'r oedd o'n mynd. Ond roedd yn benderfynol o gael gwybod.

Un o ffrindiau doethaf Gwil Gwylan ydi Dwpsen Dylluan. Hi ydi prifathrawes Ysgol y Tylluanod yng Nghwm-y-glo.

Bu'n galw heibio i Gwil Gwylan yn Nhŵr yr Eryr yn aml yn ddiweddar, gan mai thema'r tymor yma yn yr ysgol ydi 'Castell Caernarfon'. Byddai Dwpsen Dylluan yn siŵr o wybod ble'r oedd yr haul yn cysgu. Aeth Gwil ati i'w holi ac meddai hi wrtho:

"Yn ôl y sôn, ar Ynys Môn,
Ar lan y dŵr, dwi bron yn siŵr,
Ar y tywod melyn ger Ynys Llanddwyn."

Ar odl mae Dwpsen Dylluan yn siarad bob amser. Mae hi'n fardd o fri ac wedi ennill y gadair yn Eisteddfod y Tylluanod sawl gwaith.

Byr ydi'r siwrnai o Gaernarfon i Ynys Llanddwyn i wylan gyhyrog fel Gwil ac, fel roedd hi'n nosi, i ffwrdd â fo dros y Fenai draw am eglwys Dwynwen, santes y cariadon. Roedd o wedi bod yno o'r blaen ac yn hoff iawn o hanes y lle ond roedd ganddo biti dros Dwynwen yn feudwy unig.

Ar ôl dal tamaid o ddraenog y môr i swper, a llowcio llond pig o ddŵr hallt ar ei ôl, glaniodd ar y groes Geltaidd ar yr ynys ac aros yno nes ei bod hi'n amser i'r haul fachlud. Gwyliodd Gwil o'n suddo dros y gorwel, gan ddisgwyl ei weld wedyn ar lan y dŵr neu ar y tywod melyn ... ond doedd dim golwg o'r haul.

Teimlai Gwil yn siomedig iawn.
Roedd Dwpsen Dylluan yn anghywir –
nid ar Ynys Llanddwyn oedd yr haul yn
cysgu wedi'r cyfan.

Roedd hi'n ddu fel y fagddu wrth i
Gwil hedfan yn ôl am y tir mawr â
chalon drom. Er hynny, cododd ei galon
fore trannoeth pan ddywedodd Penri
Pry Cop wrtho ei fod o wedi clywed si
am ble'r oedd yr haul yn cysgu.

Roedd Penri a'i deulu'n byw ers blynyddoedd lawer yn un o'r rhigolau o ffenestri sydd yng Nghastell Caernarfon, ac yn ffrindiau da efo Gwil. Roedd Penri wedi cael gwybodaeth ar y we – nid y we fyd-eang, ond y we pry cop. Roedd llawer iawn o wybodaeth yn cael ei hanfon yn ôl ac ymlaen ar hyd y we pry cop.

"Yn Stadiwm y Mileniwm mae'r haul yn cysgu!" cyhoeddodd Penri.

"Stadiwm y Mileniwm?!" holodd Gwil mewn syndod. "Ti'n siŵr, Penri?"

"Bendant!" atebodd Penri'n hyderus.

Roedd Gwil rhwng dau feddwl beth i'w wneud. Roedd Stadiwm y Mileniwm yng Nghaerdydd – tipyn pellach nag Ynys Môn a bron i ddau gan milltir o Gaernarfon.

Ond roedd o wedi mentro i Gaerdydd
sawl tro o'r blaen. Mae Gwil yn hoff
iawn o rygbi a does dim angen tocyn ar
wylanod i wylio gemau. Roedd o wedi
gweld Cymru'n ennill yn y Stadiwm sawl
gwaith – clwydai ar un o byst y gôl un
tro, fo a dwy golomen, pan giciodd Dan
Biggar y pwyntiau buddugol gan
drechu'r Saeson.

Doedd dim amdani ond mentro.
Gwnaeth bicnic i'w roi ar ei gefn – dim
byd rhy drwm, dim ond rhyw bedwar pryf
genwair ac ychydig o gregyn gleision.
Byddai digon o bysgod bras i'w bwyta ym
Mae Caerdydd ar ôl cyrraedd.

Roedd yn siwrnai hir ac roedd Gwil
wedi sglaffio'i bicnic erbyn cyrraedd
Aberystwyth. Roedd caeau a bryniau
Powys yn para am byth.

Fu Gwil erioed mor falch o weld tyrau
pigog Castell Coch a chyrraedd canol y
brifddinas.

Ond siom enfawr oedd yn ei aros wedi iddo deithio mor bell. Roedd to Stadiwm y Mileniwm ar gau; roedd o wedi cael siwrnai seithug.

Roedd â'i ben yn ei blu wrth swatio dros nos ym mhorth Castell Caerdydd, a'i galon yn drymach nag erioed wrth gyrraedd yn ôl i Gaernarfon y noson wedyn, wedi blino'n lân. Cysgodd am dridiau nes cael ei ddeffro gan wich sgrechlyd Ywi Ystlum.

Roedd Ywi Ystlum wedi clywed am
benbleth Gwil Gwylan ac roedd ganddo
newyddion mawr i'w rannu efo'i ffrind.
Roedd o wedi trefnu i fynd â Gwil i
gyfarfod â'r haul! Creaduriaid y nos ydi
ystlumod a'r noson gynt, wrth i Ywi
Ystlum hedfan o le i le yn hela pryfed,
roedd o wedi gweld yr haul wrth iddo
fachlud ac wedi bod yn ddigon hy i ofyn
iddo rannu'i gyfrinach hefo Gwil.

O'r diwedd, daeth y foment fawr.
Safai'r ddau ar garreg uchaf Tŵr yr Eryr i
siarad efo'r haul; doedd fiw mynd yn rhy
agos gan fod ei wres mor ofnadwy o
boeth.

"Ble yn y byd wyt ti'n cysgu, haul?"
gofynnodd Gwil.

"Dydw i ddim!" atebodd yr haul.

"Seren ydw i, yn aros yn yr un lle yn yr awyr drwy'r amser. Dydw i ddim yn symud. Mae'r ddaear yn troi o 'nghwmpas i ond dwi'n aros yn fy unfan. Dydw i ddim yn codi yn y bore nac yn mynd i 'ngwely yn y nos, felly does arna i ddim angen nyth na thraeth na stadiwm – dim byd o gwbl – i gysgu ynddo fo!"

Pen-blwydd Hapus
Anna a Hanna

Efeilliaid ydi Anna a Hanna ond does
dim byd o gwbl yn debyg yn y ddwy.
Byddai'n rhaid i ti chwilio'n bell iawn i
ddod o hyd i ddwy chwaer fwy gwahanol
i'w gilydd.

Gwallt hir, du fel y fagddu sydd gan
Anna ond gwallt cwta, coch fel gwiwer
sydd gan Hanna. Mae Anna'n dal a
Hanna'n fyr.

Dydi Anna prin byth yn cynhyrfu ond
mae Hanna'n wyllt fel matsien. Llyfrau a
phopeth pinc sy'n mynd â bryd Anna.
Dydi Hanna ddim yn hoffi darllen a'i
chas liw ydi pinc. Mae Anna'n daclus
iawn ond mae Hanna'n drybeilig o flêr –
sy'n gallu bod yn dipyn o broblem a'r
ddwy'n rhannu llofft!

Mae ochor Anna o'r llofft
fel pin mewn papur
OND ...
dan wely Hanna mae ...
sanau budur, bybyl gym, poteli pop,
crystiau llwyd, gwe pry cop,
sgidiau pêl-droed yn fwd i gyd –
POB llanast posib yn y BYD!

Ydyn, mae'r ddwy'n wahanol iawn ac, ar ben bob dim, er eu bod nhw'n efeilliaid, mae'r ddwy wedi cael eu geni ar ddiwrnodau gwahanol ac yn wir, mewn dau fis gwahanol. Daeth Anna i'r byd ar ddiwrnod olaf mis Mai am bum munud i hanner nos a Hanna ar Fehefin y cyntaf, am bum munud wedi hanner nos. Goeli di hynny?!

Mae'n ben-blwydd Anna heddiw. Mae hi'n ddeg oed ac mae dathlu mawr. Dim ond naw oed ydi Hanna – tan fory.

Mae'n gas gan Hanna ddiwrnod pen-blwydd Anna ar y gorau. Pam, o pam, na fyddai hi wedi cael ei geni gyntaf?! Ond roedd heddiw'n waeth a phawb yn gwneud ffys fod Anna'n DDEG oed.

"Pen-blwydd arbennig iawn!" meddai Nain yn siwgwrllyd wrth stryffaglu drwy'r drws ag anrhegion lond ei breichiau.

"Lle mae hogan FAWR Taid?" ategodd hwnnw wrth gofleidio ei wyres hynaf.

"Bŵ," meddyliodd Hanna. Roedd hyn yn dân ar ei chroen. A dweud y gwir, doedd hi ddim yn hoff iawn o fod yn un o efeilliaid beth bynnag. Welai hi ddim mantais yn y peth o gwbl – yn enwedig iddi hi, y chwaer fach!

Roedd hi'n adnabod efeilliaid ym mlwyddyn chwech yr ysgol oedd yn llawer mwy lwcus. Roedd Tia a Maria yn efeilliaid unfath – doedd dim posib dweud y gwahaniaeth rhyngddyn nhw – ac oherwydd hynny roedden nhw'n gallu chwarae triciau ar bobl.

Roedd Tia wedi cael y lefel uchaf mewn Mathemateg – ar ran Maria – yn arholiad yr ysgol, ac roedd Maria wedi ysgrifennu chwip o stori – i Tia – yn y prawf Cymraeg. Roedd bod yn efeilliaid unfath yn hwyl. Byddai Hanna'n gallu gwneud i Anna fynd i'w gwersi ffidil diflas yn ei lle. Byddai'n fodlon talu iddi i osgoi'r artaith wythnosol!

Doedd Hanna ddim yn mynd i fwynhau parti Anna ... ac roedd hi am wneud yn siŵr nad oedd neb arall yn cael gormod o hwyl chwaith.

Wrth i ffrindiau Anna gyrraedd yn gardiau, anrhegion, balŵns a chyffro pinc i gyd, roedd Hanna'n gwneud ei gorau glas i gynllwynio sut i ddifetha'r parti.

Roedd yn methu'n lân â meddwl am syniad nes iddi weld anrheg Nansi i Anna. Roedd Nansi wedi bod yn y siop anifeiliaid anwes ddrewllyd yn y dref, 'MiaWyff', ac wedi prynu trugareddau difyr, yn ei barn hi, ar gyfer tanc Geraint Thomas.

Dyna oedd enw pysgodyn aur Anna. Roedd Anna wedi ei gael ar y diwrnod yr enillodd Geraint Thomas fedal aur yng Ngemau Olympaidd Llundain ac felly roedd hi'n meddwl bod yr enw'n addas iawn. Meddyliai Hanna fod hynny'n hurt.

Roedd hi hefyd yn Ddiwrnod
Cenedlaethol yr Anifail Anwes y diwrnod
y cafodd Anna'r pysgodyn aur, ac roedd
Dad a Mam wedi mynd â'r efeilliaid i
'MiaWyff' i brynu anifail yr un iddyn nhw.
Neidr oedd Hanna ei eisiau ond doedd
Mam a Dad ddim yn fodlon.

"Be am gael bochdew?" cynigiodd Mam.

"Ie, bochdew bach a'i alw fo'n Bob!" ameniodd Dad.

"Neu bry pric?" awgrymodd Mam.

Pam ar wyneb daear fyddai hi eisiau bochdew budur o'r enw Bob neu bryf pric amhosib ei ffeindio yng nghanol rhyw ddeiliach, meddyliodd Hanna.

Castell PINC, coeden BINC a hyd yn oed rhwyd BINC i dynnu Geraint Thomas allan o'r tanc – roedd Nansi wedi mynd i drafferth mawr gyda'i hanrheg ac roedd Anna a phawb wedi gwirioni. Pawb ond Hanna.

"Tybed," meddyliodd wrthi'i hun, "sut byddai Geraint Thomas yn hoffi cael dŵr PINC yn ei danc hefyd?"

Roedd Dad wedi bod yn brysur iawn ddoe'n gwneud cacen siâp calon enfawr i Anna a lliwio'r eisin yn binc. Roedd Hanna'n siŵr fod digon o'r lliw ffiwsia ar ôl. Oedd Geraint Thomas yn hoffi ffiwsia, tybed?

Yn slei bach, aeth i chwilio am y lliw ac ar ôl dod o hyd iddo, tywalltodd weddill y botel i mewn i danc Geraint Thomas, druan ag o.

Trodd y dŵr yn binc llachar. Sleifiodd Hanna yn ôl at y bwrdd i ymuno yn Hwrês yr Hip Hip.

Nain oedd y cyntaf i sylwi a bu bron iddi gael ffit biws – neu binc!

"Be ar wyneb y ddaear sy wedi digwydd i ddŵr y pysgodyn yma?" gwaeddodd. "Ydi o fod yn BINC?"

"Wel, nac ydi, siŵr!" atebodd Mam.

"O na! Geraint Thomas druan!" sgrechiodd Anna.

Mewn chwinciad, roedd Mam wedi estyn y rhwyd binc newydd a chipio Geraint allan o'r tanc. Rhedodd ddŵr oer yn y sinc a'i ollwng ynddo. Doedd Geraint ddim gwaeth.

"Mae rhywun wedi rhoi lliw pinc yn y tanc ..." meddai Dad yn ei lais ditectif. "Pwy, tybed?"

Gwingai Hanna, gan wneud ei gorau glas i guddio'i dwylo. Roedd y lliw dros ei bysedd i gyd.

"Be sgen ti ar dy ddwylo, Hanna?" holodd Dad. "Ti sy wedi gwneud hyn?"

Dechreuodd Hanna grio.

"Ond pam?" holodd Anna'n syn.

"Am mai chdi sy'n cael y sylw i gyd a dydi o ddim yn deg," cwynodd Hanna.

"Ond gei di'r sylw i gyd fory!" gwgodd Anna. "A dwi'n edrych ymlaen yn fawr at ddathlu dy fod di'n ddeg oed hefyd."

"A fi," ategodd Nansi. "Does gen i ddim brawd na chwaer – mi rydach chi'n lwcus iawn o'ch gilydd. Does dim angen bod yn genfigennus, Hanna."

"Nag oes, siŵr," ychwanegodd Mam.

"Reit, mi anghofiwn ni am antur Geraint Thomas. Beth am i ni fwynhau gweddill y parti heddiw ac edrych ymlaen yn fawr at ben-blwydd a pharti Hanna fory? Pawb yn cytuno?"

"Ydan!" gwaeddodd pawb.

Aeth Hanna at Anna, yn swil ar y naw,
sibrwd "Sorri" yn dawel a chydio'n ei llaw,
gwenu, chwerthin, coflaid fawr,
pawb yn hapus, yn ffrindiau nawr.

"Hip Hip!" gwaeddodd Dad,
mewn llais mawr cry',
"HWRÊ!" gwaeddodd pawb.

"HWRÊ" dros y tŷ!

Teitl arall yn yr un gyfres ...